A SYLVIE

Chat Lune

HISTOIRE EN IMAGES
D'ALBERTINE DELETAILLE

— Je n'ai pas de maison. Je n'ai pas d'amis.
Je n'ai pas de maître.

— Bonsoir, Lune. Veux-tu jouer avec moi ?
Je vais boire du bon lait à la ferme. Tu viens ?
D'abord, je marche sur le mur. C'est difficile.

Je saute du mur dans l'arbre.

Qu'est-ce que je vois entre les branches ?...
C'est toi, Lune ?
Tu es déjà dans l'arbre ? C'est drôle...

Attention!
De l'arbre, je saute sur le toit!

Comment ? Te voilà au-dessus du toit !
Alors, tu fais tout ce que je fais. C'est un jeu de lune ?

Regarde bien... Essaie de faire comme moi.
Je descends la tête en bas en me tenant au lierre.
On voit tout à l'envers.

C'est amusant.
Et maintenant, filons à travers la forêt de choux.
Tu es gentille de venir avec moi, ne te perds pas.

Ah ! Je vais te faire courir.
Je traverse le pré si vite !
si vite que l'herbe se couche !
Tu me suis toujours ?
Est-ce que tu roules dans le ciel ?

and they looked . . .

and they looked.

And then they looked a lot more – some of
them looked where they'd looked before!
"Hugo's lost," Mimi said.

The sisters and brothers and Mimi were
very upset. Hugo was *so* small, and all of
them loved him a lot.

Mimi sat down on Hugo's Big Leaf and started to cry.
Great big mouse tears rolled down her cheeks, and her mouse sisters and brothers cried too, for they all loved little Hugo so much.

They cried . . .   and they cried . . .

and they cried . . .

and they cried . . .

and they cried.

AND THEN . . .

They found Hugo, but he
wasn't as small as he was before . . .

for he'd had a *very* big lunch!

Ou bien est-ce que tu peux voler sans ailes ?
Je saute au-dessus du ruisseau.
Oh ! Lune ! Lune !
Que fais-tu ?
Es-tu tombée dans l'eau ?

Mais non, te voilà au-dessus de la ferme.
Cache-toi. Il ne faut pas qu'on me voie.
J'entre. Attends-moi. Ne bouge pas.

Ne reste pas au milieu de la fenêtre.
Ta lumière va réveiller les enfants !
Hum ! Le bon lait ! Le pot est trop haut. J'entre dedans.

Aïe ! Je ne peux plus sortir !
J'ai le ventre plus gros que la lune !
Je ne veux pas rester là-dedans toute ma vie !
Je veux sortir, et tout de suite !

Miaou! Badaboum!
Voilà le pot cassé!
Les enfants vont se réveiller!
J'ai peur! On chasse toujours les chats sans maître.

— *Tu as entendu? Le pot à lait est tombé!*
— *Il y a un chat dans la chambre.*
— *Ferme la fenêtre.*
Je vais l'attraper.

— Minet ! Minet ! Viens !
— Oh ! Je le reconnais. Il n'a pas de maître.
Si on le gardait ?
Il serait bien nourri...

— Lune ! On me caresse.
Alors, je ne bouge pas.
Je ronronne.
Lune, ces enfants sont gentils. Viens !
Nous allons leur apprendre notre jeu.

Imprimerie Pollina - Luçon — 11 - 1985 — Dépôt légal : 4ᵉ trimestre 1954 — Flammarion et Cie, éditeurs (Nᵒ 15058) - Nᵒ d'impression : 7524